U0035620

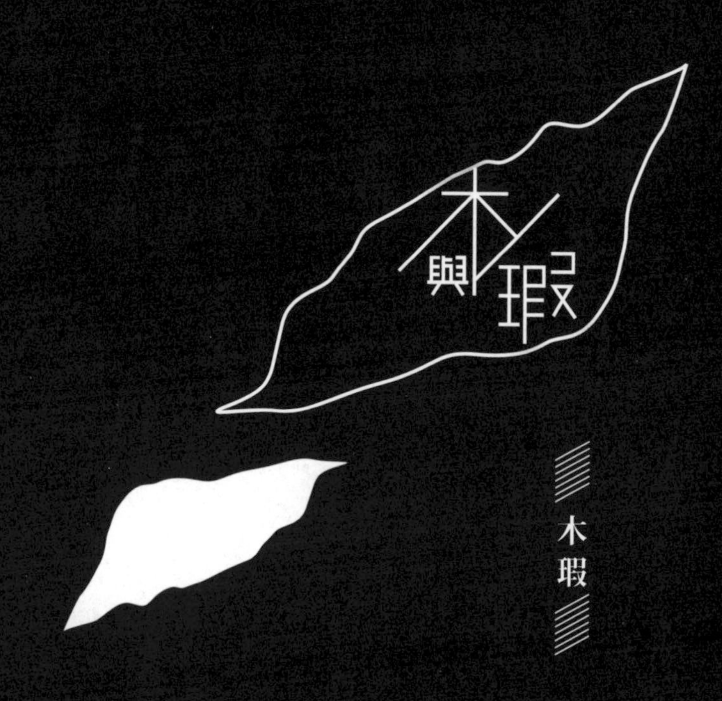
木與瑕
木瑕

之所以開始寫詩是不是因為，

我可以寫一千首不同的詩，

卻只與一件事，只與一個人相關。

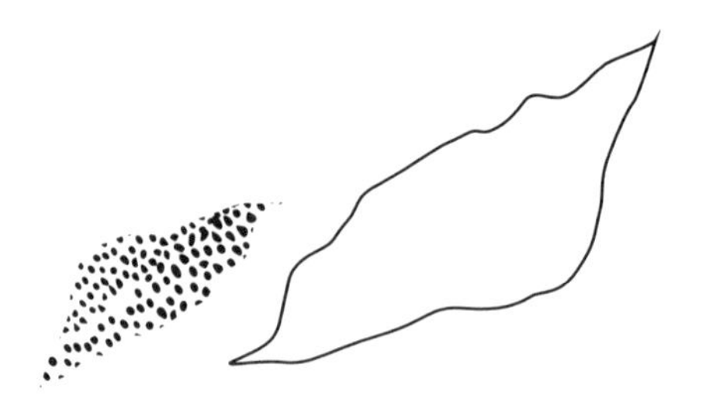

序

我很清楚我為什麼開始寫詩。

我只是見著了快速跳離我的麻雀，就想起了她，就想起了她離開的那一天；我只是見著了在我口中，早已沒了味道的口香糖，就想起了我與她之間，就像那散去的味道，再怎麼咀嚼也不會回來；我只是見著了銷售架上滯銷的商品，就想起了電腦裡，那些再也無法寄出去的信；就想起了腦海裡，那些再也無法說出口的話；就想起了未來裡，再也不會有她的畫面了。

我只是見著了一切，就會想起她；我也只是寫下了這一切。

後來，它們都變成了詩。

指涉的疆界、悶騷的愛意

宋尚緯

建甫是我研究所的同學。其實我一開始對建甫的印象是沉默寡言的人，進教室就看到他坐在一邊，也不說話，看著筆電的螢幕做自己的事情。最開始的半年和他幾乎沒有交集，後來是因為修了同一門課的緣故，才知道他會寫詩。但也只是知道而已。我必須承認一開始讓我對建甫產生興趣的完全不是詩，而是我們都有玩同一款遊戲，藉由遊戲，我跟他之間的交流才變得多了起來。在研究所的期間我上課的樂趣就是調戲他。然而我是知道的，即使他是個看起來寡言，對其他事物都不感興趣的人，然而他本質上其實是對任何事物都觀察細微，且有自己的判斷與想法的。

印象中第一次讀到建甫的詩，是〈矛盾〉跟〈死心〉這兩首詩。我第一個閃過的想法是他走的路和蔡仁偉的路很相似，例如〈死心〉，他寫：「一隻熟練的老母雞／再也沒在乎給你的蛋／會不會有小雞出生」。蔡仁偉寫詩的方式源自於他寫最短篇的方法，有一次和他對談的時候，我說，我在讀他的詩的時候會覺得他是將最短篇省略掉劇情，而最短篇則是將劇情添加在詩上面。但後來讀建甫的詩多了之後，發現他有些作品比蔡仁偉的作品還需要思考。

很多時候看建甫的詩我會覺得，這是一種我無法掌握的寫詩的方式。

對我來說通常我們在讀詩的時候，判斷一首詩的「語言技巧」的部分，其實是一種符號的運用，我們通過這些語言、文字判斷這首詩到底有沒有所謂的藝術成分、書寫技巧。有段時間我用了好幾個方式去實驗大家究竟是怎麼判斷一首詩到底有沒有「詩的成分」。很有趣的一件事情是，若撇除掉所謂詩語言的技巧，許多人在同樣直白、淺顯的語句中判斷這些文字到底是不是詩的要點其實是這篇作品是否「意在言外」。建甫的詩並不像那些我們常見到的詩句，他更貼近生活一些，離我們一般概念中的詩語言美學遠了一些，更像是一具機械，每一個句子都是零件，在讀他的詩的時候能夠確實地感受到這個句子的確是在運作著的。

建甫的作品相較於其他人的作品，更切實地圍繞在題旨上運轉，而這些題旨也確實地為他想寫的核心主題服務著（我們確實會看到某些人，在談論自己的作品時，會說我們應該留給詩一個美麗的想像空間，而我們在讀對方的詩的時候，的確也只能想像，因為他對於文字的掌握與操控基本上是失敗的），而建甫的詩則是從題目開始，到詩句的文字，一層一層順著文字的肌理、脈絡，當你爬梳到他詩句中的邏輯脈絡時，你會發現，原來他是從這個角度在看這個世界的。

我常常在想，讀詩的人究竟為何會受到詩所感動，因為若嚴格說來，「詩」也許是所有文類中最任性的文類，因為它的晦澀與語句的彈性、意象的欺瞞性，使得作者能夠安心地藏在作品的後面，有些偷懶的寫作者會以這個彈性的空間為遮蔽，用一些似是而非的語言，構築起自己的謊言城堡。就我個人來說，我開始寫詩是因為寫詩能帶給我極大的安全感，我能夠安心地寫我想寫的東西而不怕被他人指責、傷害。那其他人呢？有一段時間我一直在想這件事情。

每個人為詩而感動的原因都不一樣，對我來說，我會受到一首詩感動，是因為那首詩在他文字所能起到的效果內極大程度地調動了我的感受，使我的感受暫時受到這個作品的調動，這篇作品運用自己的文字，調度起我曾經經歷過的、感受過的事情，只有到這種地步，我才會被這篇作品感動。

如果說真的有些詩是像某些人所說的，純粹地為這些美而折服、而感動，是一種純然的感性所驅使的話，那建甫的詩對我來說就是一種理性混合著自我的感受性的感動。例如〈蛇之眼〉，用蛇的角度去談刻板印象跟歧視這件事情，雖然我們看見的是蛇，讀到的卻會是更核心的一些什麼。就跟我第一次看到他寫的〈矛盾〉，用的是我們熟知的矛盾的典故，但我們一看就會知道他是在談另一件事情。對我來說寫詩這件事情是這樣子的，我們用各種可能的事物去延伸我們的觸角，在我們所要談的核心周圍旋繞，我們一邊寫，一邊收線、一邊鬆弛著延伸，一邊規律地收束。詩在我的想像裡像是分子料理那樣，用固有的萬物，組合成我們真正想觸及的事物，而建甫的詩確實地做到了這件事情。

三角形的崩毀：
期待一種詩學底蘊的差異

張寶云

這幾年在創作所裡面試創作者，總是會遇見一些思維線條奇形怪狀的人類坐在你眼前說話，像是偶然旋轉到一個冷僻的頻道，就有人哇啦哇啦滔滔不絕地開始傳送他們隱藏的頻率。坐在長條桌另一端的我們，會正經八百地問他們創作和自身的關係性，也會和他們聊聊創作生命裡的關鍵細微處。有些創作者則會反過來對我們提問，問考試委員他們創作的疑點在那裡。於是我偷偷地以為自己並不是在甄選學生，而是在聆聽一次即興的音樂會，或是打開了一本未來之書正在進行觀看。回家後在書房裡發起呆來，又恍惚想起今天十分疲累，約略是一個郎中，一整天都在為一群人瞧病，那病興許正是他們自身的道場亦未可知。

在面試前，照例得先看完幾十份節目單、自我介紹、或說是病歷表。就是有人只拿著幾張 A4 薄薄的紙寄過來，木瑕就是其中之一，那年的甄試他果然沒上。

每個評審都有他心中惦記著的第一名，木瑕坐在那裡說話的時候，我一直懷疑他是大陸學生，因為那口音怎麼樣都猜不出來是台灣的那一部？北中南東原住民客家人都不像。我現在想起來，詩人一定要有獨特的「氣口」（唸作khuì-kháu），最好天生就有，越有辨識度越好。

當年木瑕交來的資料除了特別輕薄之外，其實是語言非常簡淨，多數是短詩，乍看是口語皮層，但細看就發現字與字的關係性不是表象上那樣單薄，而是富含肌理的想像摺疊，抑且不是流行的抒情體式，裡面是質地較為堅硬的，接近於知性、哲學、理型的詩學底蘊，在以抒情浪漫為主流的台灣詩壇，這聲音十分珍稀，會否是一個數理型的詩人出現？

但看到他本人以後，我知道這人要考進來得看天意了。他本人羞怯拘謹，現場面試他有點辭不達意。他後來轉而報考一般考試，果然筆試就進得來了。

每次 meeting 他都提著他的電腦來，一打開有十幾首，下次來也十幾首，再下次來也十幾首，我都怕了。我懷疑他沒事就打開他的電腦在寫詩和改詩。他改個不停，電腦裡一軍、二軍、三軍的詩加起來可能有幾百首。

光只和他談詩是不夠的，但這人像是冷凍庫裡出來的，解凍也得花上半年。他說高中唸理組、大學本來選商科，後來才轉讀師大國文系，經史子集都接觸了一點。最初詩的啟蒙是看了網路上的鯨向海，上過陳義芝老師的課，再來便是失戀，於是所有的詩都像是寫給未及成戀的女性友人，他使用十分理型的線條去處理情感的創痛，原來創痛不一定是流動澎湃的情感渲洩，也有可能是懷著數理的觀念，用冷靜的敘事或分析口吻去逼近那個己然裂解的自我。我想起村上春樹的《東尼瀧谷》，情感這種事物令一個理型的人格錯亂，若能錯亂成一本青春的詩冊，彷彿是值得的，其實是苦痛的。

不只青春，理型人格對本質的探求、對邏輯的思考重視，對情感、對週遭敏銳的觀察與分析，是否會形成與這一世代其他文藝青年不盡相同的思維方式？不熱衷於文字的華美、也不熱衷於隨俗的感動，而熱衷於對事相本質的呈顯、對邏輯或左或右的逼近、利用敘事的分裂造成各層次思考路徑的矛盾交鋒，是否真能形構一種當代詩的美學風格？

木瑕在這本詩集裡有意識地開拓屬於自我的語言基調，從輯一到輯四可以見到由一些短詩結構逐漸裂變而去的實驗過程。在輯一裡的短詩交混著對本質的探求：例如〈太陽雨〉、〈新〉、〈溫的馬桶〉；對邏輯思考的線性呈顯，例如〈蝴蝶命〉、〈拼圖〉、〈轉移話題〉；還有感情創傷的呈露，例如：〈流淚〉、〈付出〉、〈麻雀〉等。

輯二的詩篇羅列上述幾項特性的交融體式，延展成較為複雜的格局，例如：〈新的母親〉、〈蛇之眼〉、〈你在〉、〈雨〉等。其中〈新的母親〉分成八個小節，讀者可以很清楚的發現這八個分節近似於事項的羅列增生，會否想及這是方程式條件的代入感？每個分節呈現對上個分節的延續或者解釋，但在每小節的遞進中，被「母親」所生下來的那個「我」，依次成為「嬰兒」、成為「多疑的人」、成為「染血的狸貓」...，然而最後的最後，那個被「新母親」

所生下來的「我」，「還是愛妳」。這裡面「母親」的意象，成為男女情愛當中一個依戀的、誕生的從屬關係，可以令讀者去思索，是否我們都在感情裡找自己的母親或是找自己的父親，而不是在找一個獨立的、相異的個體性去戀愛？當「我」逐步地受到「新母親」的話語所建制化約的時刻，「我」的面目逐漸成為「非我」。依照正常的邏輯，一再被傷害扭曲的「我」，應該慢慢要遠離「新母親」才是正常的，但在情感的世界裡，一再被傷害卻還是愛著的，才是真正情感上的「正常」，才是「愛」的執著面目。當理型人格期望說不愛就放下的境界，會否只是一種情愛的理論，而不是情感的實相？

輯三的散文詩體多數有散文的外形，但「詩思維」中慣常有的拼貼、跳躍及多線敘事手法，讓木瑕的散文表象底下有了詩的肌理和脈絡。例如〈好事〉一詩，是此詩集中最長的一首，以三個小節的敘事環境連結，來考驗讀者理解、聯結及想像統合的功力。這樣大幅度的語意操作，從第一小節以行事曆的方式——

紀錄，看似重複，卻又有每一天細微的變化，直到轉進內心複雜的層次裡，在情愛裡被摺疊翻覆的自我，一則又一則客觀的情感田調紀錄，卻是內部心緒真實的變化軌跡，木瑕不以濫情的方式呼告陳述，反而像是清醒地在瀏覽在這條道路上，錯亂分裂的自我。這樣超越的、客觀的敘事眼光可以說是木瑕詩思維的重要特性。

第二小節跳接到時間的初站、中繼站，第三小節最後快轉到面目全非的、現下的自我，那可能是一個全新的、陌生人般的、徹底自我懷疑的自我，我們聽見這個「我」在說話，他說：「不要接受我，好嗎。／不要接受我，好嗎。」由此我們想像出一個歷經情感波折的男性，最後的救贖竟然是請求對方不要接受這個自我已然瓦解碎裂的自己，讀者才因此被這深摯的告白所打動。

輯四是整冊詩集的收束，像是緩和上述種種遭逢的傷痛，詩裡出現抒情但又質疑的腔調，他說：「究竟／要用上多少片雲朵／才能夠遺忘一個太陽」

（〈遺忘〉）、「從此你不再放心不再拾級不再前往我／梯上增生的沙塵卻還一再前往夢／終於收去樓梯的我／終於任沙說盡一切」（〈樓梯〉）、「只是一根根沒燒完的蠟燭／與風就會做出傻事」（〈青少年〉）、「我逐漸掃淨餘燼的披覆／以為會有一地紅色的火燒土／卻見著一張耕痕交錯的棋盤／與那顆最初下的黑影／／你的影子很低／你的聲音好遠」（〈影子〉）。

於是這些林林總總不再能對著心愛的人親口說出的話語，成為期期艾艾的詩句，成為一幕幕揮之不去的內心風景，矗立在許多孤單臆想的片刻，翻攪著現下的人生棋局宛如窮途末路，忽忽不知何往。

有時我不免認真去想，如此機敏於情感的質變究竟是幸或不幸？在這些迷宮囈語般的詩行之間，曾經有過一種存有，是和某一名女子有關的全部按語，像是極其個人，但又極其通俗。我們誰沒有愛過人呢？誰沒有經歷在愛裡成為碎片的時刻呢？詩人以他數理般的換喻方式，再一次帶引讀者去經驗「愛情」這個古老的命題，在壓抑、妥協、頹唐、異想的情感裡，曾有一個痴心之人在詩中漫行。

一早醒來，發現自己裸著上半身，
似乎是因為太熱而自發性脫掉的。
或許夢裡的我比我還要清楚，
熱的時候就該脫掉衣服，
不能再愛的時候就該罷手。

第一次

我是前腳
我把你
當做了後腳

初次踏上跑道
他決定
要從馬拉松開始

一開始

像是第一次看見
只擁有花的玫瑰花
像是第一次看見
以花為種子的玫瑰花
我的手掌是土
我的手臂是天空
在痛覺恢復之前

實

魚板不是魚
熱狗不是狗
小海豹不是豹

我愛你

付出

每天放好熱水

等你回來

你回來很晚

泡著冷水

發抖

蝴蝶命

他像看著一隻蝴蝶那樣的
看我
忽然
我必須翩然了

同時必須美麗
必須帶著翅膀飛行
也必須遙遠

我是知道的
當我卸下翅膀
停在他身上
他會打我
像看著一隻蚊子那樣的

守

七公尺的下雨路

我不想撐傘

三公尺的斑馬線

我不想守法

不到一百年的雙人床

我卻要你一直躺著

我卻要你一直躺著

太陽雨

我不知道
你是想給我陽光
還是想對我下雨
我很樂觀
我全身都濕了

恆心

鐵杵磨出來
第一千零一首詩
繡花針
是好的

我前往不了你

矛盾

相會那瞬間
你在想什麼

我們都相信自己
是最銳利的矛
也是最堅硬的盾
所以試試
「試試吧？」
你對我這麼說

然而當我是矛
我減緩我的攻勢
當我是盾
我避開你的直接衝擊

我從不會對你說
「矛與盾
有一天會分出勝負」

兩秒

紅燈停

綠燈行

綠燈剩下兩秒

燈光在閃

你停

我走

我衝到對面等

你再也沒有過來

錯過

於是

你著涼了

先被穿上的毛線上衣不再說話

讓外套奪去所有的功勞

大致

天空大致

是愛我的

只是有時有雨

你大致上

並不愛我

只是偶爾放晴......

表面

終於在二手衣店
領悟了你
時時將我往上拉好的原因

我是你太鬆的褲子
你顧著你的顏面
你顧著你的溫度
無法將我給當街換下

死心

一隻熟練的老母雞
再也沒在乎給你的蛋
會不會有小雞出生

指甲

你剪下我
正如你決定剪下
那些過長且異色的指甲

清脆的響聲迅速終結人聲的必要
掃帚代勞重新分類的工作
你的手指常保青春美麗

你卻失手
附上了一塊肉
你的肉
你的指甲是肉

餘生
指甲信仰了撕裂傷

我只是

山中野狼的傳說消失很久
部署羊欄的槍枝也已如林
你求救的聲音不再出現
我卻仍然前往

我只是
愛上了放羊的孩子

黑

我終於學會分辨
墨條與硯台與墨
是三種不同的黑
你是那墨條
你早已消失

行人椅

雨乾的時間
只需要一天
你卻不再有人坐了

雨停的時間
很長

雨的感覺

對氣溫的感知
逐漸趨近成熟
「沒有人能夠降低溫度」
你的離去完成了這項證明

你只是有一種雨的感覺
季節卻正好走到了冬天

心事

木乃伊們都逐漸找到了我
定居

他們總愛在夜裡
對我開玩笑說
「欸，我還活著。」

每次
我都相信了

流淚

這些淚
是為誰而流

若說是妳
枯樹與落葉早該沒了關係
若說是我
沒有葉子的枝頭沒有傷口
若說是一種自然現象
「眼睛因為長期缺乏一個人而分泌」
在往後的實驗裡
讓假說如此正確

拼圖

像對眼睛
缺了的兩塊空格一直看著他

像對眼睛
僅有的兩塊拼圖我一直看著

是對眼睛
缺了的雙眼一直看著他
我一直看著他

我知道
我知道

照片

上頭的生物
都絕種了

根據美醜
根據用處
我篩選了部分物種
供大家研究

目的

必須有蔬菜

水果

才算是吃飯

命名

「我是一株向日葵。」
一開始他們總是會先說上幾次強調幾次

上百年前被命名的向日葵
沒有說過話

政見介紹

他們又提到了紂王與紂王
與紂王不適任的理由

他們也提到了桀與桀
與桀不該復出的理由

認識了酒池肉林
認識了剖腹觀心
仍然桀與紂
不是我認識的人

他們也不是

佔位子

他們在課堂上學會
用一個背包去象徵
還坐在椅子上
進而學會用偉人傳記
用暢銷書與詩集
用寫好的故事與成績

眾人
都很有禮貌

台灣黑熊

毛是黑色

你總是白

選舉

兄弟打架
母親選了
下手比較輕的兒子
安慰

母親沒辦法
生新的兒子

現實

「前方三十公尺綠燈
我必須快點前進
以免紅燈再次來臨」

有些地方沒有紅綠燈

代溝

人類抱怨猴子
只會吱吱叫

猴子抱怨進化後的人類
不懂猴語

(重複播放)

偉人

這些白紙上的墨漬
除了紙錯
與看錯
就是不小心
與不得已了

因為後來
他們都變成了好人

新

你那時寫的詩
沒有夭折的
現在五十歲
已經是個人物

今年沒有嬰兒了
有些詩一出生
就是個七十歲的老頭

求全

他們的話很緊
他們的批評很緊
像過小的皮帶
也像流行的服飾

有時你應該別有選擇
你卻總是縮緊肚腹
你卻總是減肥
為了各種標準尺寸
為了各種纖細的審美觀

後來你總是很瘦
你什麼都穿得下
你什麼都沒碰到

希望

想跟人說話的螞蟻

被踩在鞋底

鞋底有縫

想跟人說話的螞蟻

還活著

乩童

我的身上
有神來過嗎
在我小學每一科都考一百分的時候
在我成為台灣之光的時候
在我詩寫得很好的時候

神會想闖紅燈嗎
神會考不上好學校嗎
神的小孩是天使嗎
神會不會堅持白頭到老
神有情緒嗎
神會寫壞詩嗎
神走了嗎
神來過嗎

我的父母、我的國家與我
還在向我詢問神的行程

「我是神。」

溫的馬桶

開始想像前一個人
怎麼樣上廁所

不管怎麼樣
這是溫的

轉移話題

「要有公德心。」
三十年的老建築

「正向去思考。」
戰場上
我的手腳全斷

「謝謝你。」
我什麼都沒有給成

「對不起。」
你的傷口流血

「我愛你。」
你不愛我了

有時候必須先想想自己做不做得到，
再去要求別人。
譬如去要求時間，
將已經深深刻在心上的名字，
徹底消去。

斷尾

1.

我會動

我沒有眼睛

2.

我在動

沒有在走

3.

我覺得轉角

才是刀

4.

尾巴—轉角—你

我還與你在一起

5.
我是我

我還是我

因為轉角

有兩邊

單行道

逐漸地
眼睛都掛在後腦勺
沒有車會從前面來
路很窄

那天你逆向行駛
你說這邊已經不是單行道
要我照樣走路往前
你開車往後
我同意了

「路很窄。」
我的眼眶流血

執著

想必是記下了什麼
關於風
關於重力
關於過早前來的清道夫
與我枝頭承載的強度
都關於了

而秋日漸深
記憶漸紅
葉綠素不再湧上
我就會是紅楓樹

小小的橡皮筋

就像天使遺失的光圈
小小的橡皮筋從天而降
套住了我們

像悟空戴了十五年的金箍
小小的橡皮筋舒適合身
帶著我們去取經

像圓環狀的鑰匙圈
小小的橡皮筋緊連著我們
從此有兩扇門
是可以開的

卻也像馬戲團的火圈
我們是被馴養的動物
一夕完成了訓練

也像不願再戴上的金箍
三藏也只是
念了一次咒

當我們都變成了只擁有負極的磁鐵
小小的橡皮筋
也只是像一個小小的橡皮筋

終於我讓你離開
讓橡皮筋彈回來
打我

麻雀

只能這樣想著
欺騙你的
究竟是蛋殼
還是我口袋掉的米

只能這樣想著
有關巢穴的傾覆
是因為你的離開
還是我終於的傾斜

只能這樣想著
今後的你
一看到我就跳走
只是一個後天本能而已

也許只能這樣想著

雨

最終
你變成了一場不會停的雨

其實你一直都是來自澆水器
卻因為想要做的更好
把整個天空
都當成了你的澆水孔

可你還是被你
視為一種園藝用品販賣
不斷對我使用信件、對話與上門推銷

你所欲降雨的對象始終只有我

從那之後我天天帶傘

只是雨停之後

那時經由傘的阻擋，仍然不停濺入

卻能用以灌溉的雨滴

我有不可以再對你說的新芽......

過

偶爾
我還會試著撥開雲
在天上
窺探地面的你

你的花朵已經成年
葉子有些咬痕
想為你驅離世上全部的害蟲
我降下的雨水卻總是太多
黑了雲
又黑了地

我又該走了
在暴雨降下之前

沒有兔子身體的耳朵

耳朵，耳朵
你怎能如此好認
你像那些總是較深的膚色
你的臉哭了也不會有花

曾經夜夜都有的睡前故事
兔子專有的習性
兔子的全部
你是否都還記得

沒有兔子身體的你
是兔耳嗎
沒有兔子身體的你
不能說不是

你或許早已放棄嘗試
每當你鄭重宣布：
「我與兔子無關」
在女郎頭上的你
在孩童頭上的你
又被叫成了兔耳

沒有耳朵的兔子
在哪

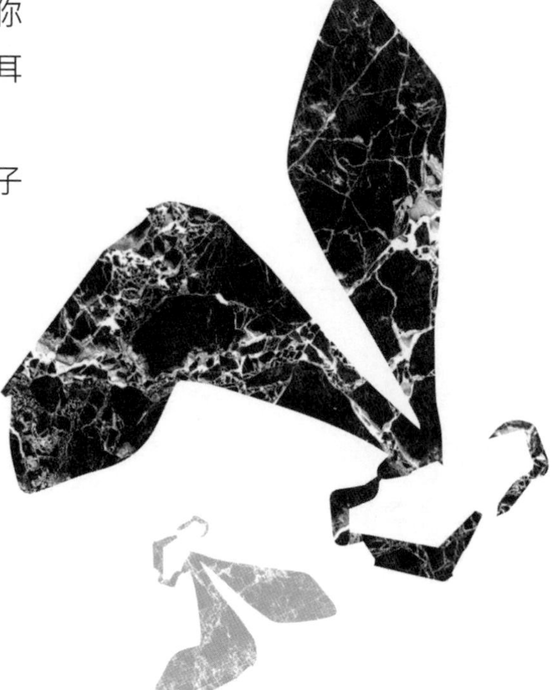

切割

已經太久了
就像生菜似乎總要淋上沙拉醬
就像垃圾車似乎就是給愛麗絲

後來
妳仍舊是一首能夠單獨聆聽的優美樂曲
我在街上遊蕩
總會問自己
愛麗絲
為什麼不來倒垃圾了

再也買不到口香糖了

你曾說
這像個笑話
可是便利商店
都被你給帶走了

僅存的數盒
我還能撐上多久
味道還在
你在哪

手裡的包裝紙
已經無法再瘦
再不能用新的口香糖
讓嘴裡的三百六十五顆重新變得有味道
嚼出的滿腔口水
不會比白開水更好了

口香糖

忽然發現
你已進化成舌頭了

早已想不起來
我是如何在各種不同的包裝之間
遇見了你

早已想不起來
我為何在淘汰了蛋糕、苦瓜與鵝肝之後
留下了你

就連第一次
咀嚼你的那一天
舌頭是笑了
還是哭了
也都想不起來了

味道漸淡的你
卻在每一次週期漸長的咀嚼
把我自己放進了嘴裡

總以為有一天
你會沒了味道
連舌頭都比我清醒

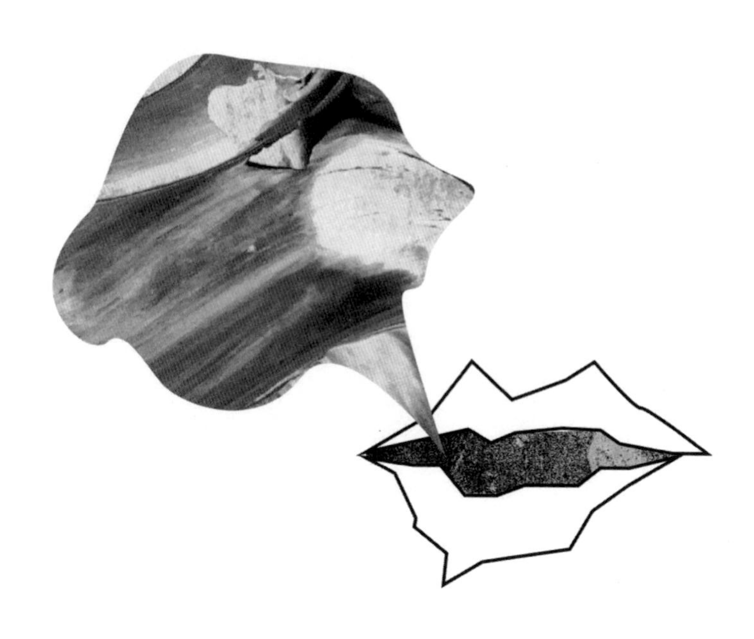

情殺

那名老練的鬥牛士
終於被牛給殺了

觀眾提早離場
有人立志成為
更狡黠的鬥牛士
有人學習成為
溫馴待死的牛

紅布不這麼想
紅布偷偷地笑

病房

你才是患者
你隔離了他

他曾經也像是患者
不知道是裝的
還是真痊癒了

曾經你們都是病人
可以在同一個病房裡
當一個痊癒者

你一直隔離他
你一直防禦他
你一直想著他

新的母親

1.

妳：「我根本沒有喜歡過你。」

這句話

是我新的母親

2.

嬰兒在出生的時候

都會大哭

3.

當母親是石頭、

外星人或是一句話的時候

會生出一個多疑的人

4.

「來，叫媽媽看看。」

我不會說話

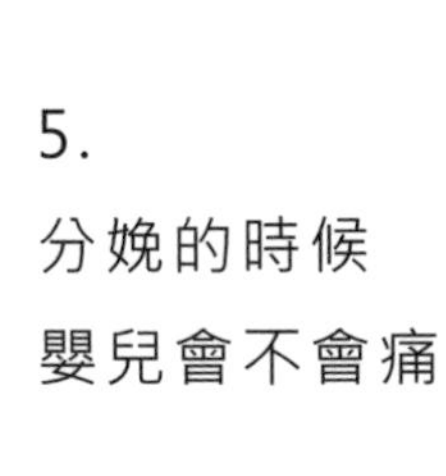

5.
分娩的時候
嬰兒會不會痛

6.
妳生出了新母親
新母親生出了我
遺傳學能不能證實
人類不會生下染血的狸貓

7.
妳不需要我離開了我
我懷疑新的母親不相信新的母親
遺傳學似乎
是正確的

8.
「新母親的母親，
我還是愛妳。」

蛇之眼

我像你們吃牛吃羊一樣的吃蛙吃鼠
我從不使用刀叉與碗筷
所以「殘忍」、「野蠻」了些
這些詞是什麼意思我也不懂
你們都這麼說我
說多了我就記下來了

而我像我一樣的移動
我從未擁有工具與雙腳
所以「曲折」、「迂迴」了些
有人說我這樣像「神」
有人說我這樣很「邪惡」
這些我都不懂
我只是像我一樣的移動
我也只是像我一樣的移動

後來我像你們害怕我一樣的害怕你們
我從未長過毒牙
你們卻看了我就打
只因為「有毒牙的我」
已交給你們一疊厚厚的致死學歷

我討厭看了我就怕的人
那是「歧視」
那就是歧視
這個詞我懂
這個詞我很懂

給孟母的一些話

孟母
妳何時才會再度展開妳的腳步
三次的遷徙
真的就是妳的極限嗎

妳知道現在能學的科目多
能玩的東西多
能搬的地方更是多
他們卻都只跟著妳搬去了學宮

我想著妳的兒子孟軻在學宮成為孟子
學宮也只出了一個孟子
若妳只遷徙一次
讓他在那塊墳地遊玩長大
會不會有那麼一個真主孟子
在東亞降臨
若妳只遷徙兩次
讓他在那座市場叫賣到大
會不會有全新的呂不韋讓秦始皇成為仁君
讓人民有光

我想妳可能隱瞞了妳所做的觀察
或許孟軻天生是不善商的（他總是直話直說有誰要買他的東西）
也不善與鬼神說話（或許他還會把鬼神辯到不想理他）
若妳的兒子是我

妳會為我搬去四川成都的草堂嗎
甚至會為我遠渡重洋搬去智利的帕拉爾嗎

但我害怕妳可能隱瞞了一些內心戲
妳或許只是剛好家計變好
才從荒野墳地搬去了商家市場
也許只是剛好家計變得更好
才從商家市場搬去了妳想去的學宮
可是妳的兒子喜歡嗎
他有無法再見的人嗎
他的日記本有沒有被銷毀
他說的話有沒有都被記載到孟子上

有時候我更害怕
若妳重生
妳是否仍會在第三次停歇
看那時代已經從戰國遷徙到了現代
只因為他相信那七十億個孩子
一直都需要更新更好的遷徙...

我知道妳是再也無法展開腳步了
只是妳搬去的那座學宮
早已像麥加
早已像耶路撒冷
擠滿了多少前去朝聖的他們
擠滿了多少被帶去的孩子們

小霜狼

毛色灰白

小小一隻

就像一種小狗

你是我的小霜狼

滑鼠左鍵

嗷嗚

滑鼠左鍵

嗷嗚嗚

你是我的小霜狼

歷經地獄的火焰

征服扭曲虛空的惡魔

我始終帶著你

我一直帶著你

在我建立的尖刺要塞
我與你一同住著的要塞
你不停奔跑
直到電腦關機

你是我的小霜狼
我永遠
都不會得到你

英文課

一生的課
總有一些不需要記下的字
像 John or Mary
文章寫作不必要
文法規則用不上
John or Mary 卻是你
課堂之內
你無所不在
你是我沒想著記下卻記下的字

is am are 或許是最常用的字
在他們之後需要文法
在他們之後需要變形
在他們面前我只能翻譯之後說一聲是
John or Mary 卻是你
課堂之內
你自由自在
你是我沒想著用上卻用上的字

總是有一些考試要考的字
像 jargon and millinoaire
他們地位崇高
他們行蹤稀少
課堂之內他們無比重要
只是苦心記下多年
我卻用不上幾次
你從來卻只是 John or Mary
課堂之外
是你的意義讓你有了意義
課堂之外
你是我最重要的字

註：
John or Mary 英文課文之內最常見的兩個男女人名
jargon：專業術語
millionaire：百萬富翁

你在

1.
山在那
有大片樹林
山頭有雪
(最遠鏡頭)

2.
水在這
浪花雪白
一片碧藍
(我不在岸邊)

3.
畫在此
有山也有水
有眾多技法
有畫家署名
(我不會畫)

4.
你在哪

5.
有你在
好像就很美

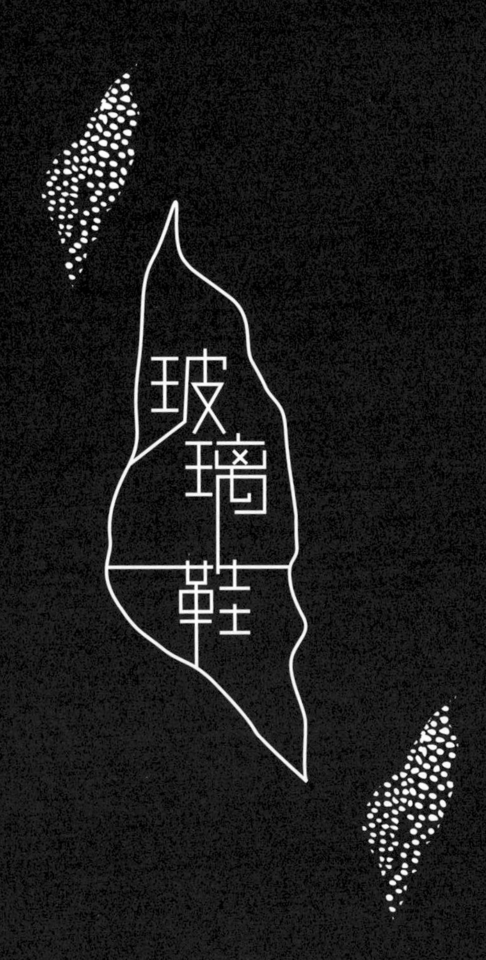

別人都是這麼記得的，所以我想，妳也應該還記得，我數學很好這件事。但我很清楚我只是擅長快速計算，我只是擅長記下不知原理的公式；我只是在代入公式，我只是在代入對妳好的公式。

只是數學，並沒有這麼簡單；而愛也沒有。

被走千次的小徑

自撿到那張紙條以來，走在這條小徑上已是第一千次了。

還記得那時，紙條上頭就只寫著「一千」兩個字；其實也不知道是不是他留下的，也不知道是不是就是走一千次的意思，只是想抱著恆心總會有好事，我就這麼走上了一千次。

就在將要完成最後一趟的時候，像是紀念，像是感慨，我回頭看了看這條走了千次的小徑，我的腳掌卻突然痛了起來，像是土壤裂開，像是鞋底有了石塊，像是隆起了數個土丘般的撐破了我的鞋底。

鞋底

逐漸成為整日奔波的鞋底，一身塵汗，渾身痠痛，從不被允許在夜裡碰觸床單。

「床單會髒。」

正三角形

我曾是個正三角形。

任一個我顯露在外的角，都會是六十度，不管是誰，不管從哪個方向見著了我，絕不會見到六十度以外的角，直到見著了她。

那一直以來被視為恰到好處的六十度，霎時尖銳了起來；為了面對她，我趕緊將角度快速上調，卻總覺得還是像根針，只是從縫線針變成訂書針再變成了大頭針……直到一百八十度。

那是一個三角形的崩毀。

一夕之間

我永遠記得你第一次穿上我的那天，氣溫攝氏二十五度，炎炎夏日的開端。

我也永遠記得你毫不留戀換下我的那天，氣溫攝氏十五度，而前一天是十六。

一度，好像十度。

初戀

她只出了一塊錢，就沒有再出價了。

卻有一個不停出價的買者，不斷延長拍賣會的時間，直到青春用罄，他終於買到一個神聖且昂貴的初戀。

名畫廊

逛了一會兒，我開始認真思考，能不能研究這些名畫翻過來的樣子。

我想測試這些紙張的上半部會不會因為我說了什麼而起皺摺，也想看看四邊的尖角有沒有可能也因此同時朝我刺來；我甚至還想試試如果我當場脫光了衣服，會不會使紙張下緣那些看不見的鋸齒毛邊，引起什麼反應。我於是在隔天帶上必要的工具，將封死的畫框硬是給撬開，正當我伸手握住了名畫右上與右下的尖角，畫廊的警衛就迅速地衝過來，將我打昏逮捕了。

在半昏半醒之間我似乎聽見其他客人說了褻瀆侵犯之類的字眼，但我始終也沒聽清楚他們在說些什麼，只記得手上還留有紙張的觸感，那種感覺，與家裡記帳本內頁的用紙相仿，也與小學一個很喜歡畫畫的同學所用的塗鴉紙很像，記得那時他很愛掀女同學裙子，不知道他現在變得怎樣。後來在法庭上，我誠實地說出我真正的意圖，試圖減輕我的罪責，但他們反而更憤怒了，認為這比盜竊還嚴重，必須加重處罰。

最後他們以「不懂藝術」的罪名，將我送進了大牢。

走秀

走秀逐漸接近尾聲，第三位模特兒的影像卻還存留在所有觀眾的心中。

雖然不知道是什麼原因，她是以蒙面出場，而且似乎沒有人注意到，她裸著的腳背上，有一道淺淺的紅色疤痕，但她身上那一襲玻璃裝甲似的特殊設計，讓整個人像是一棟壯觀的移動式小型樓廈，如此完美的量身設計使她甫出場就震懾了會場，讓觀眾默默決定了暫時的第一名。不過看全場仍舊專注的樣子，觀眾應該還是對尚未出場的模特兒保有一些最後的期待。

就在最後幾位模特兒出場的時候，忽然有人從後台將一件衣服丟到舞台正中央，發出了巨大的碎玻璃聲，此舉奪去了會場所有人的注意，因為那件衣服顯然正是第三位模特兒所穿的服裝（更令人驚愕的是那衣服還真是玻璃製成的）。

此刻卻發生了異常狀況——台上最後幾位模特兒，開始紛紛前去搶奪地上的碎玻璃。

不知那玻璃是用什麼黏合的，竟都還有黏性，有人直接黏到了頭上，有人黏在胸前，還有人直接貼滿了整個左袖，有的觀眾甚至也在混亂之中拿了幾片碎玻璃，緊緊握在手上；這些模特兒黏上這些碎玻璃之後還真的亮眼了些，但碎玻璃反射的光線，使我的眼睛一直睜不太開。

後來，我將雙眼閉上，分了些神，張開眼睛卻看到會場出口處有一個人——或許不該說是個人，他側面的下半身瘦削且毛茸茸的，上半身粗壯卻又沒什麼毛，就像人的大小腿，再轉個角度一看，竟真是兩條活生生的雙腿在走路；我再多看了幾眼，卻看他的腳背上，也有一道淺淺的紅色疤痕。

我連忙追了出去，卻只看到一個身長三公尺的巨漢，他龐大的背影蓋過我的全身，雙手提著兩大籃的衣服，緩緩離去。

實話

曾經有一次，我僅僅花了兩枚十元銅板，就夾到了一個比我的頭還要大的娃娃。

從此以後，我逢人總說我曾經只花了兩枚十元銅板就夾到一個比我的頭還要大的娃娃，我總說我只需要花費兩枚十元銅板就能夾到一個比我的頭還要大的娃娃，我總說我是一個有能力的人。

儘管在往後，我曾經花費了數十枚十元銅板才夾到一個手掌大小的娃娃，也曾因為賭性堅強花費了數十枚十元銅板卻連一個戰利品都沒到手，逢人說起，我總還是說我曾經只花了兩枚十元銅板就夾到一個比我的頭還要大的娃娃。

只因為我說的，都是實話。

好事

1.

2011/3/15
「我要離開了。」，她這麼說了。

2011/3/16
今天下班後找了一家吃到飽牛排店打牙祭，我點了海陸套餐。肚子是有限的，可是我花了錢，我要吃到很飽。回到家，看到她，穿著一身粉紅色連身睡衣，站在門口。她還在。

2011/3/17
她還在。

2011/3/18
為什麼。

2011/3/19
今天一大早我就出了門，已經一個月沒去過書店了。走在人行道上看到了很多女生，其中有一個眼睛很亮，笑起來像小兔子，穿著白色的連身洋裝。我後來沒有去書店，我回家了。在家裡，她瞪著我，穿著跟那女生一模一樣的衣服。

2011/3/20
今天還是決定往書店的方向走，路過了當初去過的咖啡店，記得那裏的肉醬義大利麵還不錯吃，咖啡有點難喝；我是覺得還好。回到家看到咖啡店裡的圓形小桌子，上頭的空盤子殘留了半盤麵與一整杯的咖啡。餐桌布上，有一點黑色污漬。

2011/3/21
她還在

2011/3/23
她還在

2011/3/24
她還在

2011/3/26
抬頭看了一下天空，看了一下月亮，想到了些什麼。久違的去了一趟網咖，已經好久沒有玩魔獸世界了，最後一次上線是什麼時候了？我還記得我因為遊戲裡的能力強被拱上領導者，但我不適合那個位置。我不適合。突然很想在網咖偷看 A 片。我不太想回家。

2011/4/1
她還在

2011/4/8
她還在

2011/4/11
福島又發生了餘震。她還在。

2011/4/13
她還在

2011/4/19
她還在

2011/4/23
她還在

2011/4/29
今天是朋友的生日，還是照常在她臉書上回個生日快樂吧。正常一點。她還在。

2011/4/29

威廉王子與凱特結婚了。她還在。她還在。

2011/5/1

她還在。

2011/7/26

今天又是朋友生日不在臉書上貼文說聲生日快樂應該不會怎麼樣吧可是會不會被覺得是故意的說來這是自我意識作祟吧哪會在意這麼多就講個生日快樂很正常可是何謂正常。她還在。

2011/7/30

今天看了一篇文章講樂觀，也許我應該要樂觀。她還在。

2011/7/31

對不起對不起對不起對不起對不起。

2011/9/29

她的臉皮不見了。

2011/9/30
她還在。

2011/10/1
她一直盯著我。

2011/10/2
我翻了久遠以前的舊照片。已經過了十年了啊這麼久了，這麼久了。這麼久了嗎。她還在。

2012/2/8
妳來了。她還在。

2012/7/1
她還在。

2012/12/23
她還在

（剩下的頁數，一片空白）

2.

我碰到她的手了。

真的很開心，平常，她都不會來找我的。我其實一直想跟她說話，可是從來想不出話題，只能一直等她來找我。今天跟她一起出門，真的很開心。如果有第四次、第五次代表她也喜歡我吧？唉應該沒有這麼好的事，但好像也不是完全不可能。都已經三次了呢，我是不是也應該說些什麼。如果我不主動一點，她搞不好會很失望。唉我是不是應該講出來，我好怕她真的是這樣，我不想要她失望。

……

「我要買這件褲子。」

真討厭，瘦了不少好多褲子都不能穿了，我看這件也不行了。好險這裡有賣衣服，不然走路得一直拉住它，麻煩死了。

回去的時候，順便捐給二手衣店好了。

3.

不知道是誰按到了快轉。

托勒密還沒講完就被罵胡說八道，中世紀的女巫還沒被燒死就被帶了下來；貞德沒死，哥白尼的支持者布魯諾也活了下來了。可是他們也被罵翻了—大家都被罵老古板。可是傘一直沒變：遮的了雨，遮不了全部的雨。傘一直都在。

可是為什麼什麼都發生了，什麼都還是發生了。

——有人在阻止快轉。

四年前的「我」，住手，你會傷害她。
六年後的「我」，他愛的是別人。

不要接受我，好嗎。
不要接受我，好嗎。

住下的人

她只是住下了。

那時她說：「我要離開了。」，卻見她哪兒都沒去，也沒付租金，就賴在我這住下了。最初覺得她很快就會真正離去，沒想著要管她，好幾天過去看她還在原地，我才注意到事情不太對勁。

她是不愁吃喝的。跟她從前一起去的那家咖啡店後來竟有了外送服務，每天定時送上她那時點的蛋糕與咖啡，連桌椅都會送來，難以想像的良好服務。她也是不愁穿的。有時我見到路上行人穿的女裝，或是百貨公司女裝部的衣服，她竟是一雙巧手，瞬間照著縫了一件，瞬間穿上，穿上個一兩天也沒看她嫌膩。

有時她會裸身，跟一個我沒看過臉孔的裸體男人擁吻；或許有人會問，她就住在我這，為什麼會沒看過那男人的臉孔，其實這些資訊都是太陽與月亮偷偷跟我說的——他們擁吻的時候，我都在外頭，沒一次例外。

在那之後她竟也不會老了。本來想是她保養有方，但在一起的時候她就有些小小的老化，像是新長的兩三根白頭髮、肌肉鬆弛或是下腹起的一些皺紋，顯然是住所的影響。有時想這裡就像龍宮使人常保青春，定會有許多女性客戶，但她們鐵定會抗議她的存在：「憑什麼她住就不用租金？」。我想說因為是她所以我沒法跟她收租金，但這理由絕對會讓她們更憤怒，我就沒再動了這個念頭。

唯一的副作用就是她的臉了。兩三個月之後，她的臉皮完全消失了。這本來是件對我沒有影響的事，但她偶爾就是死盯著我瞧，也不說話，持續好幾個小時，我只好翻了翻舊照片，暫時把上面的臉孔撕下來，丟給她當面具。

後來我真受不了，叫她出來到外面有陽光的地方親自跟她溝通，她卻開始像機關槍似地不停地說：「我要離開了。」，怪異的是，我見著她嘴在動，卻是一點聲音都沒有，她也像那時一樣，一點都沒有要搬走的樣子，我只好放棄了這個念頭。

就這樣整整一年，我拿她一點辦法也沒有。

世界

彷彿拿到了一篇艱澀的英文文章，一眼望去，大部分的單字都不是單字，只是一群獨立的字母在廣場推擠，讓人難以前行，廣場之上我卻仍然是一個健步如飛的人；即使整篇文章大部分的字我都不認識，即使整篇文章我或許什麼也沒看懂，但我還認識 you、I 與 we……。

我沿著我僅有的認識，迅速走向文章的盡頭。

生

沒有時間標示，沒有公車到站的站牌，在起身行走到目的地的路途上，見到公車從旁擦過，腳還在動，不斷地想著懊悔，與不懊悔。

我曾經對妳說，這樣下去，我似乎會開始變得不像我了，妳卻笑著回我說：「誰要像你啊！」。後來，我也真的變得不像我，也變得不是我了，在妳面前，我是想守護妳一輩子的人。

如今我不能再見妳，也不能是這樣的人了，但我還能是真正的我：我不會想也不會嘗試要去忘記，我會記得妳，妳是我想用一生去愛的人。

如果 你是一種氣候

如果，你是一種氣候
你只是習於豪賭一場
在昨日擁有三十度 C
在今日就給他輸個精光

你只是有一種冬天被窩的感覺
在晨間我不願離你而去
在夜裡我卻拚命忍寒

你讓我記得不要任意露出肌膚
讓我記得帶上備用的大衣

而你只是不願違背自然法則
在暖春愛上陽光
在嚴冬迎娶了雪

如果你只是一種氣候

罪己

你就這麼說了
像雲
像雨
我卻還有點覺得像晴

明天的天氣會是什麼
氣象預報從來不準

只能迷信如古帝王
「不知名的洪水與猛獸降臨
都是我自己的錯」

樓梯

你前往美夢的長梯

我一直感覺既高峭且累

我逐漸減少高度減少路途

想減去你整級階梯的路

黑夜裡少了一階的我卻使你無預警跌了一跤

減少階梯的我終於成為抽去樓梯的豹

從此你不再放心不再拾級不再前往我

梯上增生的沙塵卻還一再前往夢

終於收去樓梯的我

終於任沙說盡一切

答題

學生時代
我練就了一項本領
一見到題目
就能想出正確的答案

如今我的本領依舊
在清晨自然睡起
一見到沉默的鬧鐘
就能想起你

可我一分都拿不到了

不能寫信給你了

這些信寄給別人
能換到幾張結婚證書吧
獻給你
只會是一場軍火走私

只能寫些詩了
至少你會覺得
我是在養一群外星生物
其實只是一些新品種的花

絕不會送給別人
絕不能送給你

遺忘

日光和細雨一同落下
雲朵逐漸增多
縫隙
仍舊有光

雨勢終於強大
烏雲全面密布
紫外線指數
卻依舊過高

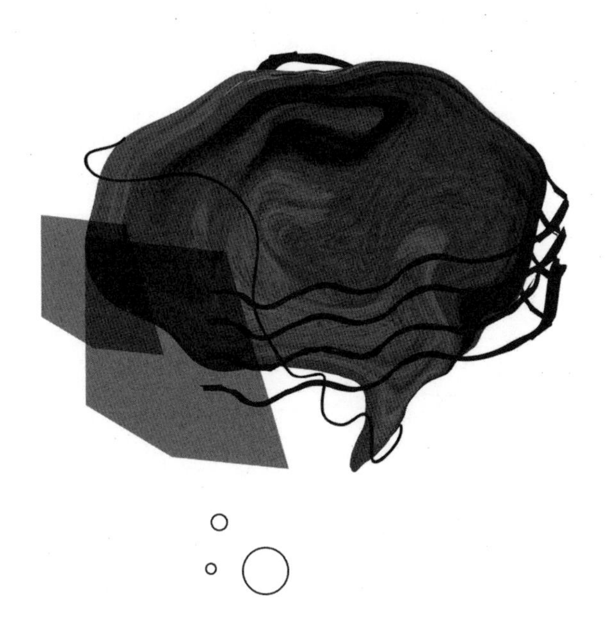

我所想的
與天空所想的
一定是同一件事吧
「究竟
要用上多少片雲朵
才能夠遺忘一個太陽」

月牙星

你總以為只有配備望遠鏡

最黑色的

最好的那一種

才窺探得到你

昨日我空著手

在一個午後的街道

路過你的背面

想說些什麼

一句話也說不出來

青少年

總是忽然就燒了起來
難以警報的地震

一直都有人在處理燃料
遊戲裡的槍枝
女郎各處的脂肪
朋友的打火機

只是一根根沒燒完的蠟燭
與風就會做出傻事

車廂裡

是床
也是大街
既是理學家博物館
也是模特兒走秀展場
可以是食人魚之河
也可以是蟻的閱兵場

他任人詮釋
像個無能為力的老師
刀鞘不了橫向成長的學生
眼鏡不了度數不同的眼睛

畢業後

不再有一種鐘聲
能夠寫下一個完整的逗點
不再有一種法令
會在數年之後不需遵守

我是否再也無法設計
一種直達結局的遊戲
給剛認識的人玩
我是否不再能建立
一個無法的國度
任人遷入遷出

將來
還會有一種會面
能同時擁有應酬與約會的感受嗎

入學那日
以教室為背景
以演員的自我介紹做配音
我無意間執導了永恆的一幕

亻象

象縮小了
大小像個人

前方一隊人群
抬了個大轎子
獅子從裡頭
探出頭
「這麼小
可以拿來吃」

狂奔踩地
只踩死了幾隻螞蟻
打工了一生
變不回去
獅子的名字
消失了

記一隻一出店門便從我眼前竄走的貓

我仍在思考，你的竄走
是否與我有關

你是否因為我開門不注意的惡習，幾乎擊打到你
才決定迅速竄離
才決定視我為狗

可是在店門裡，我的右手
是否像一隻將要游出的魚
使你願意在門外稍稍
放出不為人知的足音
使你願意在門外
暫時中止你的隱蔽行動

但那是否只是因為
你的前方有了一隻更真實的魚
你的雙瞳總說
魚是永恆的美好
你總是追尋永恆的美好

甚至我的右手是否從來就沒像過魚
門是不是你的窗外風景
我是不是你的窗外風景

但你的雙瞳終是來過我的眼裡
我擁有過一個最長的時間
也擁有過一個最短的距離
我閉上雙眼再三回味，第一次就創下紀錄的滿足
以致於不能再次更新……

你在我的眼裡不久
你在我的眼裡不久

影子

決心起身走到院裡

砍倒橫亙門前那棵樹

任憑樹幹斬斷麻亂的影子一地

任茂綠的枝葉落地

我並未就此鬆懈

選用火海進行重新灌溉

以防樹幹也留下了影子

我逐漸掃淨餘燼的披覆
以為會有一地紅色的火燒土
卻見著一張耕痕交錯的棋盤
與那顆最初下的黑影

你的影子很低
你的聲音好遠

零錢

你願意接受我嗎
——包括這些麻煩的一塊錢銅板

人總會樂意
使用一張百元大鈔
買下一個一百元的人
回去的路上
雙手只需提著商品
購物就是因此令人愉快

但我只值九十七元整
你買下我
我定會找錢給你
你的手心勢必要承受那些
油膩且腥臭的一塊錢銅板
我會附贈芳香劑但味道總會停留一陣
你甚至需要一些勤奮洗手的習慣
有些金屬
永遠都不可食用

但我還是自豪我的
我的價錢
是質數的九十七
就只能是一乘以九十七
不會有別的小數字能夠介入

我的價錢
也是真實的九十七
多少人說他是整數一百
卻總會讓你在事後
收到一些補找的一塊錢
我不會讓你有這些疑慮

我是扯遠了

但你知道，你的眼睛
有噴泉湧出嗎
我的價錢總是使人知難而退
你竟看完了我的商品說明

我想說的是，你會願意
讓我投下那三枚一元銅板
為可能出現的三人生活而許願嗎
前提是你會願意
就此降下一張百元大鈔
永遠地買下我嗎
我會一直試著四捨五入我但我想說的只是
——你願意永遠地接受我嗎
包括這些麻煩的一塊錢銅板

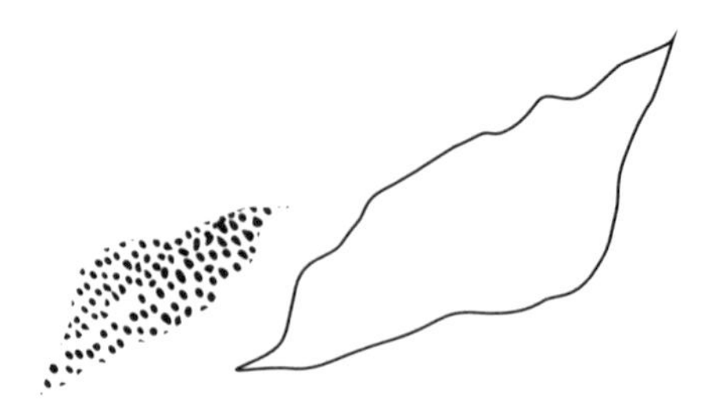

後序

許多詩人會利用虛的傾聽者，在詩中展現諸多並非真實卻想表達的意念；但從我開始寫詩到現在，在我情詩裡的每一個傾聽者，都是實的——也就是她。

有時我會在詩裡說一些不能對她說的話；不管她與你有多麼親密，不管她再怎麼信任你，很多事，永遠都只能藏在心裡。卻也是真正說出口的瞬間，看到她眉頭輕微的起伏，說出口後的數十餘年，呆望著冰冷的通訊錄，不斷想著說出口的話，為什麼不能說。

有時我也會在詩裡說一些想說，也應該可以對她說的話；但所謂「應該」與「可以」都不是我一個人能夠決定的。

至少到目前為止，至少在之後的數十年裡，所謂「應該」與「可以」，或許都會被她定義為「不應該」與「不可以」，我總是少數服從多數，我總是把她當成多數。

有沒有那一天，我寫的「她」不再是她，也只是一個虛無的傾聽者？有沒有那一天，我寫的「她」不再是她？很多時候，我甚至在抵抗這些事情的發生......。

我不想寫詩，我想跟她說話。

木與瑕

作　者 木瑕

編　輯 施榮華

封面設計及內文編排 嵐澄創藝工作室

發行人 洪錫麟

社　長 張仰賢

製　作 角立有限公司

出版者 斑馬線文庫有限公司

總經銷 楨德圖書事業有限公司

地　址 新北市新店區寶興路 45 巷 6 弄 7 號 5 樓

電　話 02-8919-3369

傳　真 02-8914-5524

製版印刷 龍虎電腦排版股份有限公司

出版日期 2016 年 11 月

ISBN 978-986-93375-9-5

定　價 280 元

國家圖書館出版品預行編目 (CIP) 資料

木與瑕 / 木瑕著. -- 初版. -- 新北市 : 斑馬線, 2016.11
面； 公分
ISBN 978-986-93375-9-5(平裝)

851.486 105019835